FICHA CATALOGRÁFICA
Dados Internacionais de Catalogação na Publicação (CIP)
(Câmara Brasileira do Livro, SP, Brasil)

Campos, Helena Guimarães
Trem da Vida / Helena Guimarães Campos,
Walter Lara. – 1.ed.– São Paulo: Formato Editorial, 2012.

ISBN 978-85-7208-773-5
ISBN 978-85-7208-774-2 (professor)

1. Poesia – Literatura infantojuvenil I. Lara, Walter.
II. Título

12-02692   CDD-028.5

Índices para catálogo sistemático:
1. Poesia: Literatura infantojuvenil   028.5
2. Literatura juvenil   028.5

2ª tiragem, 2022

TREM DA VIDA

Copyright © Helena Guimarães Campos, 2012
Ilustração e capa © Walter Lara

Gerente editorial **Rogério Carlos Gastaldo de Oliveira**
Editora-assistente **Andreia Pereira**
Auxiliar de serviços editoriais **Flávia Zambon**
Edição de arte **Norma Sofia – NS Produção Editorial**
Revisão **Pedro Cunha Jr. e Lilian Semenichin** (coords.)/ **Rhennan Santos
e Mariana Ricciopo**
Produtor gráfico **Rogério Strelciuc**
Impressão e acabamento **Vox Gráfica**

Direitos reservados à SARAIVA S.A. Livreiros Editores
Rua Henrique Schaumann, 270 – Pinheiros
05413-010 – São Paulo – SP

SAC | 0800-0117875
De 2ª a 6ª, das 8h30 às 19h30
www.editorasaraiva.com.br/contato

Proibida a reprodução total ou parcial desta obra
sem o consentimento por escrito da editora.

960156.001.003

TREM DA VIDA

Helena Guimarães Campos

Walter Lara
Ilustração

Selecionado para o Catálogo de Bolonha 2013 –
Categoria Poesia

1ª edição
Conforme a nova ortografia

Formato

SUMÁRIO

1 O começo da Vida 7
2 A grande notícia 9
3 A construção 12
4 A inauguração 17
5 A Vida muda 21
6 Os ferroviários 31
7 A triste história de Teresa 35
8 O fim da Vida 37

*Aos que registraram as memórias ferroviárias
que me serviram de inspiração.*

1
O COMEÇO DA VIDA

Essa história começa
devagar, sem pressa,
num tempo muito distante
em que o Sol ambulante
do céu regia tudo:
do trabalho do graúdo
ao brinquedo do miúdo.

Quando o Sol raiava
todo mundo levantava.
Com o solão a pino,
até menino perdia o tino
e ia fazer o quilo,
tirando um cochilo.
E no final do dia
mal o Sol se escondia
para casa toda gente ia.

Foi então que em um ano
Andrea Vitta, um italiano,
veio com a família
e toda a mobília.
Viu tudo e sem demora
jurou nunca ir embora.
Abriu um sorriso:
– Que Paraíso!

E naquela terra
ao pé da serra
formou fazenda
e uma moenda.

Viveu todo ano
vendo tucano,
e lobo-guará.
E mais jacarandá,
ipê, quaresmeira
e muita palmeira.

O tempo passou
e a sua vida levou.
Vitta envelheceu,
adoeceu e morreu.

Ali cresceu um povoado
e Vitta foi homenageado.
Virou imortal, afinal,
dando nome ao local
(não foi bem o nome,
mas o sobrenome,
pois, por lá, qualquer
Andrea é mulher).

Vila do Vitta era, no princípio.
Com o tempo, já município,
mudou. Virou Vida,
Cidade do Vida.
Mas, aí, a língua do povo
mudou tudo de novo.
Com o bom português
o italiano se foi de vez.
Virou, em seguida,
Cidade da Vida.

2
A GRANDE NOTÍCIA

Muito tempo depois
lá apareceram os dois
gringos engenheiros.
Ingleses, os estrangeiros,
cada qual com a sua mula
apearam na venda do Lula.

Eram Mr. Alan Clayton
e Mr. Artur Clinton.
Tinham, juntos, um contrato,
mas eram como cão e gato.
Alan era baixo e calvo,
trajava um terno alvo
e era muito barbudo.
Artur era alto e cabeludo
e, desse esquisito dueto,
era o que se vestia de preto.

Vinham da Inglaterra
em pé de guerra.
Se um dizia que era dia,
para o outro anoitecia.
Se um a esquerda queria,
o outro à direita seguia.

Viviam nessa discussão
sem fim e sem razão,
mas esse ataque
e contra-ataque
em inglês
ou português,
(sem sotaque)
era de araque.

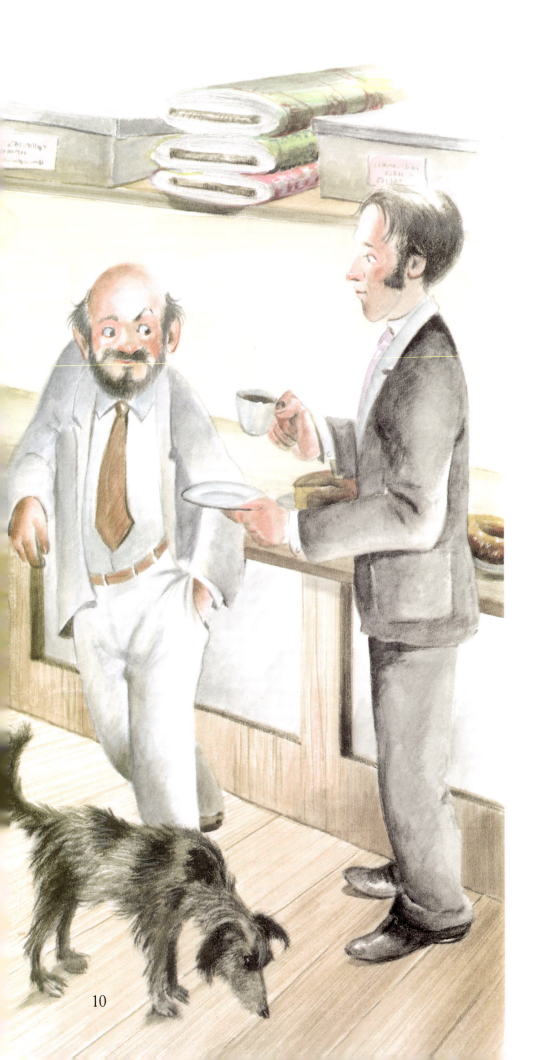

No fundo, no fundo,
eram desse mundo
os maiores amigos
e os mais antigos.

Com ares de chefe
e jeito de cê-dê-efe,
entraram na venda
e pediram merenda.

As caras de gula
viram logo o Seu Lula,
que um lanche serviu
e deles, atento, ouviu
que com o nobre ofício
um grande benefício
trariam para Vida,
com aquela ida.

Na hora, sem demora,
como rastilho de pólvora,
a nova fez a maior fama.
A venda virou programa,
a prosa virou comício.
Parecia um hospício!

Todos queriam sugerir
o que então construir
na Cidade da Vida:

– Uma grande avenida
para desfile e parada –
disse Dona Mafalda.

– Uma torre alta de aço –
falou o ferreiro bonitaço.

– Um bom e moderno hospital –
suspirou o boticário Vidal.

– Eu queria um Cristo Redentor
para esse povo pecador... –
sonhou o padre Agenor.

– Melhor um enorme quartel –
bradou o soldado Manoel.

– Não, um cinema –
lembrou Filomena.

E cada um especula,
até falar o Seu Lula:

– Meu palpite não erro,
e a discussão eu encerro.
É uma estrada de ferro.

Mr. Artur fica de pé
e põe fim ao banzé:

– Acabou-se a falação,
pois o amigo tem razão.
Uma ferrovia é a obra
e trabalho tem de sobra.

Assim, tim-tim por tim-tim,
foi que naquele confim
tiveram conhecimento
do grande melhoramento:
para o vaivém,
Vida teria trem.

3
A CONSTRUÇÃO

Mas construtor
não é autor
de cordel,
menestrel,
não fica ao léu
a esperar do céu
brotar inspiração
para ter informação.

Medindo, fazendo pesquisa,
os Mrs. suaram a camisa
para mapear toda a terra.

Subiram e desceram serra
e mais morro, pico e colina.
Então, viram numa ravina,
um rio com um remanso,
promessa de descanso.

Ao pé de uma goiabeira,
pertinho d'água, na beira,
dois pescadores roceiros
saudaram os forasteiros:

– Dia! Tamo aqui nessa luta.
Os dotô aceita uma fruta?

– É só baixá a gaia
ou esperá que caia.

– Bom dia, pescadores!
Perturbamos os senhores?
Goiabas bonitas assim
queremos comer, sim.

– O rio parece lagoa.
A pescaria está boa?

– O qui pertuba é só muriçoca.
Nóis só tá banhano minhoca.

– Então, vamos aproveitar
para sentar e descansar.
Ufa! Trabalho suado.
Demos um duro danado!

– Para construir uma ferrovia
se trabalha de noite e de dia.
Mas está tudo planejado.
Já decidimos o traçado.

– Mas falta um dado.
Para a linha ser segura
falta saber a altura
da água desse rio.
Mas, não no estio.

13

– Não é chuvisco
que traz risco.
O problema é diferente.
O perigo é a enchente.

– A artura d'água vareia!
Nas chuva, nas cheia,
tem ano qui vai rasteira
no pé dessa goiabeira.

– Mas teve uma veiz
qui foi uma istupidez!
A água subiu tanto
qui causô ispanto.

– E alguém notou
a altura que chegou?

– E num alembro, não?
Chegô foi lá no artão
daquela parmeira.

– Isso é besteira!
Nem pai de santo
faz subir tanto!
Essa palmeira tem,
em metros, além
de vinte e cinco.
E não brinco.
Nesse número
não há exagero.

– Mas aí, caro colega,
o número escorrega
para mais de quarenta,
quase uns cinquenta,
quando a gente conta
do pé até a ponta
o terreno da planta.
Isso não espanta?

– Intão os dotô duvid'eu?
É qui quando assucedeu
a inchente, a parmeirinha
inda era anãzinha:
tava c'um parmo de artura.
Né, cumpadi, verdadi pura?

– Verdadi verdadeira
essa da parmeira!

Com essa informação
ficava certa a construção.
Os Mrs. foram embora,
mas voltaram sem demora
trazendo uma planta na mão
e espalhando confusão.

Comandavam um povaréu,
que, no maior escarcéu,
lembrava a Torre de Babel.
Tinha espanhol, português,
alemão, inglês, chinês
e brasileiro também.
Ninguém entendia bem
o que o outro dizia,
mas o trabalho saía.

Para agilizar a construção
os Mrs. tomaram a decisão
de dividir a estrada.
De cada beirada
uma equipe começou
e o trabalho avançou
com problemas de sobra:
frio, lama, insetos, cobra...

A incrível surpresa veio
quando chegou no meio.
Veja na ilustração
a grande decepção!
Teve briga e esconjuro,
mas, com trabalho duro
foi desfeita a confusão
e arranjada a inauguração.

15

4
A INAUGURAÇÃO

—Extra! Trem da Vida
vai dar a partida!
– gritou o jornaleiro
o mês inteiro.

Todo dia, em jornal,
de interior e capital
a nova sensacional:
a inauguração ia acontecer
com festa desde o amanhecer.

Depois de muito preparativo
chegou o grande dia festivo.
De manhã, no maior afã,
com muita reza e talismã
e com o povo dando apoio
da capital saiu o comboio,
puxado pela locomotiva.

Naquela alegre comitiva
além de muito ferroviário,
ia político, empresário,
artista, autoridade
e a nata da sociedade.

(Despossuído, pé rapado
pé de chinelo, descamisado,
não! Que não combina
com tanta gente "fina".)

Durante todo o percurso
teve brinde e discurso.
O clímax da inauguração
foi quando a composição
chegou à nova estação
toda embelezada
e embandeirada.

Aguardada com expectativa
a vaporosa, a locomotiva,
foi aplaudida, ovacionada
e por todos admirada.

Então o diretor da ferrovia
com rapapé e cortesia
entregou ao governador
– sob um sol abrasador
e ao som de uma banda –
uma linda guirlanda.
A fumacenta foi coroada
e logo depois batizada.
Com muita arruaça,
a maria-fumaça
ganhou a carinhosa
alcunha de Preciosa.

Aí, no elegante edifício,
teve início um comício
com fogos de artifício.
Bispo, juiz, delegado
e cada ilustre convidado
no palanque, enfileirados,
animados ou enfadados,
ouviram então a fala
daquele em maior gala,
de fraque e de bengala:
o prefeito em exercício.

Ele, logo de início,
louvou o benefício
do trem, um auspício
para o sucesso vitalício
da pequena cidade.
Viva a prosperidade!

18

Então chegou o coronel
montado em seu corcel.
Da Velha República,
vinha bufando, tiririca,
soltando os cachorros
e malcriações aos jorros
porque a festa começara
antes que ele desse a cara
(até então, no sertão,
em nenhuma ocasião
um evento tivera início
sem aquele estrupício,
cuja autoridade
só da notoriedade
do seu rico rebanho
perdia em tamanho).

Subiu ao palanque
parecendo um tanque
um pesado blindado
empurrando convidado
e tomando o parlatório
começou seu palavrório.

Teve início um duelo,
um suplício, um flagelo,
porque coronel e prefeito
da ocasião queriam proveito.
Inimigos em todo pleito
eram, um do outro, desafeto.

Cada um tinha um projeto:
o coronel queria o neto
fazer prefeito da cidade.
O prefeito, já de idade,
queria manter o cargo.
– Esse osso eu não largo!
dizia o prefeito eleito
acalentando no peito
o sonho de ser reeleito.

Um com despeito,
outro insatisfeito,
coronel e prefeito
deram um jeito
de falar no peito.

Nenhum dos dois
deixou para depois
a sua vez de falar.
Num duplo tagarelar,
sem fechar o bico,
pagaram o maior mico
divertindo o público.

Então, de repente,
uma mudez insistente
tomou o ambiente.
Confusos, perplexos,
perderam os nexos
dos seus palavrórios.
Com ar de simplórios
se miraram, se fuzilaram,
e a falação retomaram.

Assim, falando bem junto
de tudo quanto é assunto
seguiram em conjunto
provocando risadas,
gozação e gargalhadas.

Mas essa peleja
ficou no ora-veja
porque a população
se encheu da falação
e caiu no maior forró,
cada um com seu xodó.

Evento tão diferente
para toda aquela gente
ficou sempre na lembrança.
Com dança e comilança
varou a noite a festança.

5
A VIDA MUDA

Vida mudou da água para o vinho
com a chegada do novo caminho.
Lugar que antes era muito distante
ficou ali, pertinho, a um instante.

Na estação, a todo momento,
tinha um grande movimento.
Qualquer um embarcava,
só a acomodação variava.
Conforme o bolso se viajava:
de primeira ou segunda classe
e de graça, quem tinha passe.

Caso nunca visto antes
foi o de dois viajantes,
pai e filho, imigrantes
do Líbano ou Turquia,
ou talvez lá da Síria.

O filho, advogado
recém-diplomado,
no carro de primeira
viajava, de maneira
que tinha conforto,
enquanto, todo torto,
sem o menor conforto,
no banco tinha a bunda,
lá no carro de segunda,
o velho e sofrido pai.

Ouvindo do pai cada "ai"
– foram pra mais de cem! –,
o zeloso chefe do trem
quis desvendar o impasse
da diferença de classe.

Ao velho perguntou,
e a resposta escutou:

– É que ele tem bai rico.
Eu que não tem, aqui fico
com a bolso seguro
nessa banco duro.

Todo dia, na plataforma lotada,
beijos e abraços na chegada,
lenços e lágrimas na partida.
Tinha bagagem expedida
e carga, logo embarcada,
ou sendo descarregada.

Leste, oeste, sul ou norte,
para tudo tinha transporte.
Não havia meio-termo:
fosse são ou enfermo,
perigoso, inofensivo,
nocivo, vivo, inativo,
ou recém-falecido,
frágil, repugnante,
tudo seguia adiante
bem acomodado,
com todo cuidado.

Mas essa organização
não impedia confusão.
Como naquela ocasião
em que, no último vagão,
uns cabritos e um leitão
se soltaram dos engradados,
em que foram embarcados,
e deram cabo da produção
de verduras de toda a estação.
Esse banquete improvisado
deu um prejuízo danado!

Mudou muito também
o cotidiano de quem
nem pegava trem.
Ganhou a estação,
enorme, grandão,
o primeiro relógio
público (o ecológico,
o Sol, pobre coitado,
foi tido como antiquado,
sem nunca ter atrasado).

Na praça em frente da estação
ficava o coração da animação.
Ganhou coreto, jardim, fonte
e bem defronte da nova ponte,
hotel, cinema e restaurante.

Nessa época, diversão
exigia imaginação.
Não existia televisão
e, rádio, só na capital.
Todo dia, no final,
depois da janta,
um xale ou manta
as moças pegavam
e um jeito arranjavam
de ir para a agitação
da praça da estação.

Também pudera!
De trem para Vida viera
tudo que é galã rastaquera
que só pensava em paquera!

Quem tinha mãe megera
ou pai que era uma fera
– infeliz donzela! –
ia sonhar na janela:
– Quem me dera!

Certo é que namorico
virava fuxico, mexerico.
É que na Vida cosmopolita
muita moça bonita, catita,
que só via revista e fita,
só de vestido de chita,
fugiu com algum parasita
de passagem, de visita,
e, coitada, ficou maldita.

Outra grande mudança
tem a ver com confiança.
A ferrovia foi o fim do fiado.
Se antes frete era combinado
– permutado ou acertado a prazo –
nunca mais ficou ao acaso.

A ferrovia tinha regulamento
para tudo que é procedimento:
recebimento, armazenamento,
carregamento, atendimento,
pesagem, baldeações...

Com tantas operações,
quem queria enviar algo
fosse Zé Povo ou fidalgo,
cargas à toa ou importantes,
tinha que pagar sempre antes.

Tudo quanto é atividade
econômica da cidade
conheceu prosperidade.
Muito bicho se criava
de tudo se plantava
e até se fabricava.

Mas foi a mineração
a maior expressão
do quanto o transporte
muda o destino e a sorte
de uma localidade.
Que capacidade!

Uma antiga mina de ouro
revelou todo o seu tesouro.
Toneladas e toneladas
foram então exploradas
e no trem embarcadas.

Mas tanto progresso,
sinceramente confesso,
trouxe desvantagem.
Infelizmente, também,
o que veio através
do trem foi é revés.

Vou lhe narrar um fato
admirável – não é boato!
Para proteger tanta riqueza
aplicaram foi a esperteza.

No trem se fazia o transporte
do ouro, dentro de cofre-forte.
Um fantástico estratagema
usava o seguinte esquema:

A cada sábado
– mesmo se feriado –
em três trens diferentes
com horários divergentes
uma escolta bem armada,
atenta, sempre de guarda,
cada guarda como um touro,
acompanhava todo o ouro.

Mas, muito bem guardado,
o segredo: tudo simulado!
Só um dos trens levava
a carga que despertava
olho gordo, ganância.

Vez ou outra, uma circunstância
justificava todo aquele cuidado:
o trem era atacado e assaltado.
Mas o ouro nunca foi roubado,
pois os bandidos erravam o alvo,
deixando o trem do ouro a salvo.

Mas esse surpreendente relato
também inclui um ladino gaiato
que desembarcou do trem,
cheio de pelo-sinal e amém.

O sorridente jovem,
logo, do antigo padre
se disse compadre.

A declaração foi aceita
e não levantou suspeita,
pois consumada, já feita,
era a morte, numa feita,
do velho pároco, de maleita.

Todo dia, na praça
estava o boa-praça
de joelhos, penitente,
ali, bem em frente
da imagem do santo
com o grande manto.

O santo era o padroeiro
de Vida, casamenteiro
renomado, o mais invocado
para trato com o sagrado
ou para espantar demônio:
o querido Santo Antônio.

Então, uma tragédia,
aconteceu um dia.
Falhou o esquema
dos trens. O "trilema"
foi desvendado,
e o ouro, roubado.

Um dos guardas, porém,
após o assalto do trem,
ainda assustado,
narrou ao delegado:

– Durante o assalto
um bandido alto,
o maior da quadrilha,
falando da partilha
do ouro, deixou escapar
que iria encontrar
o chefe do bando,
o que tinha o mando.

– Sabe quando?
Sabe onde
ele se esconde?

– Ao romper da aurora
no Paço de Nossa Senhora
o bando dividirá
o butim e fugirá.

Com a máxima urgência,
partiram em diligência
o delegado e dez soldados
fortemente armados.

Assim surpreendidos,
todos os bandidos
foram então presos.

27

Assombrados, surpresos
ficaram todos com a notícia
divulgada pela polícia:
a identidade do mandante,
o principal meliante.

Era o jovem beato
que fingindo recato
bem atrás do manto
da imagem do Santo
deixava bilhetes
explicando detalhes
do plano que bolara
com o que escutara
de gente que enganou
desde que ali chegou.

Com grande espalhafato
o bando do beato gaiato
nas manchetes de jornal
ganhou até a capital:

O DIÁRI
Vida está em pranto
com o crime do Santo.
O bandido chefe disse:
Santantônio era cúmplice!

A GAZETA
Desvendada a farsa
que tinha como comparsa
imagem de Santo Antônio
em roubo de patrimônio.

NOTÍCIAS

Bando Santo
causa espanto
e até Santo é detido,
acusado de delito.

6
OS FERROVIÁRIOS

Em Vida, na ferrovia
todo trabalho havia.
Tinha ferroviários
com ofícios vários.

Em oficinas, armazéns,
estações, escritórios e trens
eles davam o maior duro
para deixar tudo seguro,
funcionando sempre bem
no horário certinho do trem.

Nesses trabalhos
tinha paspalhos,
mas a maior parte
era gente com arte,
com saber na matéria,
competente e séria.

Mas o que mais tinha
eram os da via, da linha,
que, naquela época,
máquina e engenhoca
quase não existiam.
Tudo eles faziam.

Com pá, picareta,
alavanca e marreta
eram pau-para-tudo,
deixando tudo
no maior brilho:
dormente, trilho
lastro e pregação.
Que trabalhão!

31

Na hierarquia da ferrovia
a estação tinha uma chefia.
Zeca era o chefe da estação.
Muito fazia, mas uma função
merece especial menção:
cuidava da comunicação.

Naquele tempo, urgência,
sufoco, pepino, emergência,
se resolvia com o telégrafo.
E se nele bulissem, o sarrafo
Zeca logo descia como punição.

Tanta braveza tinha explicação:
nunca trem saía de uma estação,
sem antes telegrafar para avisar,
para com outro não se chocar.

(Quer saber por que ninguém
usava telefone, celular e nem
computador para mensagem
mandar? Ora, ora, meu bem,
Matusalém ainda era neném!
Era carta e bilhete, no lombo
do burro, ou então, pombo.)

Sob a atenta direção
do chefe da estação
trabalhava um rapaz
muito esperto e capaz
de nome Laurindo.

Aqui e ali, indo e vindo,
desinteresse ia fingindo,
com um ar meio de jeca,
para ficar perto do Zeca
quando ele telegrafava.

Então, atenção prestava,
pois o que mais ele queria
era ser telegrafista um dia.

32

Esperto, perspicaz
logo notou o rapaz
no Zeca uma fraqueza:
ele adorava sobremesa.

Um belo pudim Laurindo
lhe trouxe e pediu sorrindo:

– O senhor faz a cortesia
de me ensinar telegrafia?

Comendo e vendo com contento
que ele não era cabeça de vento,
Zeca esqueceu o regulamento
e quis lhe dar ensinamento.

Todo dia, depois do expediente,
lá estava o mestre paciente
com o seu aluno inexperiente.
Logo, com afinco, o rapazinho
no morse se virava sozinho.

Um dia, o telegrafista craque
teve um grande piripaque.
Depois de uma moqueca
Zeca tirou uma soneca.
No peito, o tique-taque
parou. Teve um ataque
fulminante do coração
e caiu morto na estação.

Ao chegar para a lição
Laurindo viu o defunto:

– O chefe é um presunto!
Ai, vou ter um acesso!
Vai chegar o expresso
e logo vem o direto
que nem por decreto
atrasa. E pouco depois
os cargueiros. E são dois!

– Ai! Minha Mãe do céu!
Vai tudo para o beleléu!
Ai! Minha Nossa!
Como saio dessa?

Sem ver conserto
para tamanho aperto
ele agiu sem demora.

– Ora, mais não piora!
O caso é de precisão
e de muita aflição.
Vou telegrafar
e logo avisar.

E mandou essa bobagem,
urgentíssima mensagem:

Sr. Chefe do Distrito,
tive um baita faniquito,
enfartei e depois morri.
Mande um substituto daí.

Eu nunca descobri
o que aconteceu ali.

Só sei que cada trem passou,
não descarrilou ou se chocou,
que ninguém se machucou.
E que, passados uns dias,
por aquelas cercanias
começou uma investigação
para encontrar explicação
para tão estranha trama:
fantasma passa telegrama?

7
A TRISTE HISTÓRIA DE TERESA

Mas caso de falecimento
teve outro acontecimento.

Guardo na memória
aquela triste história
da mulher sozinha
que andava na linha.
Coitada! O trem a matou.
Teresa ela se chamou.

Na Cidade da Vida
ela viveu ávida
toda a sua vida.

Dormindo ou acordada
tinha a cabeça povoada
com sonhos de menina.
Queria ser bailarina,
rodopiar, dançar.

E, de tanto sonhar,
não via felicidade
na sua realidade.
Então, deixou a cidade
seguindo a linha do trem
em busca do seu bem.

Dançando, Teresa
ia com destreza,
em cima do trilho
cega pelo brilho
da luz que cintilava
no palco que imaginava.
Até aplausos escutava!

Assim entretida,
pra lá de distraída,
não ouviu o apito
do maquinista aflito.

E foi assim
o seu fim.
Surda como uma porta
Teresa acabou morta.

8
O FIM DA VIDA

Recepção na chegada,
despedida na partida.
Eis a história medida
dos tantos trens da Vida.

Tanta maria-fumaça
fez muita fumaraça
e trouxe desgraça
para a riqueza nativa.

A Vida dessa narrativa
teve um lamentável fim.
Esse paraíso tupiniquim,
essa linda paisagem,
exuberante e selvagem,
perdeu o seu verde manto
e todo o seu encanto.

Com o vaivém
de tanto trem
veio o desmatamento.

Para o aquecimento
das enormes caldeiras
lenhosas madeiras
viraram carvão.

Daquele sertão
sumiram jacarandá,
jequitibá, jatobá,
ipê, quaresmeira
e até mesmo palmeira.

E mais sabiá,
tucano, lobo-guará.
Em vez de mata e bicho
juntou foi muito lixo.

A riqueza do ouro também
se foi, levada pelo trem.
Depois caiu a procura
dos produtos da agricultura,
pois muitos moradores,
ao contrário dos antecessores,
seu pé-de-meia pegaram
e para a capital se mudaram.
Sem consumidor, sem mercado,
todo o comércio ficou parado.

Sem carga e passageiro,
veio o golpe derradeiro:
nunca mais se viu trem
e muito menos alguém.

E Vida morreu,
se escafedeu.

Mas a mão à palmatória
eu dou nessa história.
Se não sobrou viv'alma,
Vida ainda tinha mort'alma.

É que lá na estação
tinha assombração.
Uma, não. Um par,
vivendo num doce lar.

O casal de alma penada
fez é "bem-assombrada"
a estação. Que surpresa!

Eram o Zeca e a Teresa
que em Vida sempre viveram
e para sempre felizes morreram.

38

A autora

Pesquisadora da história ferroviária, resolvi transformar o fruto desse aprendizado em um texto literário, reunindo duas coisas que adoro: literatura e história. Minha satisfação foi ainda maior porque criei personagens baseados em pessoas que conheço e ri a valer com as situações que os fiz enfrentar. E, claro, me inspirei em alguns "causos" do folclore ferroviário registrados por outros autores.

Trem da Vida resgata a história ferroviária do nosso país, mas não aquela história formal, distante, impessoal. É a história do cotidiano de várias gerações que contaram com os trens para atender a todas as suas necessidades e interesses. Múltiplas são as temporalidades que o livro contempla, mas minha intenção ao tratar do passado foi questionar o presente e alertar para as consequências de um país fora dos trilhos.

Helena Guimarães Campos

O ilustrador

Sou mineiro de Betim, artista plástico e ilustrador.

Interessa-me no livro entrar em contato com uma época rica e já distante.

Com tantos detalhes e histórias que se desviaram, chegam até nós, hoje, a arquitetura das estações de trem, que valem ser visitadas, e livros como este, que nos levam a outras paisagens e nos aproximam da gente que vivia logo ali.

Walter Lara